ERIC-EMMANUEL SCHMITT

Les dix enfants que madame Ming n'a jamais eus

ALBIN MICHEL

ISBN : 978-2-253-02040-0 – 1re publication LGF

La Chine, c'est un secret plus qu'un pays.

Madame Ming, l'œil pointu, le chignon moiré, le dos raidi sur son tabouret, me lança un jour, à moi, l'Européen de passage :

— Nous naissons frères par la nature et devenons distincts par l'éducation.

Elle avait raison… Même si je la parcourais, la Chine m'échappait. À chacun de mes voyages, son sol s'étendait, son histoire s'évaporait, je perdais mes jalons sans en gagner de nouveaux ; malgré mes progrès en cantonais, en dépit de mes lectures, quoique je multipliasse les contrats commerciaux avec ses habitants, la Chine reculait à mesure que j'avançais, tel l'horizon.

— Au lieu de se plaindre de l'obscurité, mieux vaut allumer la lumière, affirma madame Ming.

Comment ? Quel individu choisir pour fouiller ce sol énigmatique ? Quelle proie harponner ? La Chine contenait autant de sujets que la Méditerranée de poissons.

— La planète porte un milliard de Chinois et cinq milliards d'étrangers, murmura madame Ming en ravaudant une paire de bas.

Au cours d'une émission qu'elle écoutait sur sa radio en plastique bistre, vestige de l'époque maoïste qui enrhumait les voix en y ajoutant des postillons, madame Ming répétait les propos du journaliste gouvernemental, un as des statistiques et du léchage de culs. « Un milliard de Chinois. » À ce moment-là, je ne repérai pas ce qui la déconcertait, qu'il y ait tant de Chinois ou si peu…

Au sein du peuple arithméticien qui inventa jadis la calculette, cette dame entretenait un rapport insolite aux chiffres. Peu de choses à première vue la différenciaient des autres cinquantenaires ; mais, nul ne l'ignore, la première vue ne voit rien.

La tête ronde d'une couleur écarlate, des plis nets sur la peau, des dents aussi fines que des pépins, madame Ming évoquait une pomme mûre, sinon blette, un brave fruit, sain, savoureux, pas encore desséché. Mince, son corps semblait une branche souple. Sitôt qu'elle s'exprimait, elle s'avérait plus acidulée que sucrée car elle distillait à ses interlocuteurs des phrases aigrelettes qui piquaient l'esprit.

En cette province de Guangdong, madame Ming trônait sur son trépied, au sous-sol du Grand Hôtel, entre les carreaux de céramique blanche et les néons éblouissants, dans ces toilettes à l'odeur de jasmin où elle exerçait la charge de dame pipi.

À ce métier qui mortifie les âmes maussades, madame Ming avait restitué sa noblesse : elle régnait au centre de l'univers. Lors des congrès et séminaires organisés quotidiennement à l'étage supérieur, c'est en courant que vous arriviez vers elle ; à son abord, vous ralentissiez, vous piétiniez, vous vous immobilisiez ; sa muette majesté intimidait ; vous vous incliniez, vous l'imploriez des yeux, vous mendiiez la permission d'accéder à son royaume ; en cet instant précis, elle vous toisait avec l'air de percer ce qui se passait au fond de vos méninges et de vos viscères. « Inutile de prononcer un mot, je sais très bien à qui j'ai affaire. » Dans ses prunelles grises, vous ne lisiez pas de jugement mais de l'indulgence ; mieux, une absolution. Que vous fussiez ouvrier, ingénieur, chef des ventes ou P-DG, elle décelait votre misère et vous acceptait, ancien gamin quémandant d'aller au pot, pitoyable être de chair qui veut apaiser les tensions de sa matière. De la Chine de Mao, madame Ming conservait l'égalitarisme ; de celle de Confucius, elle perpétuait l'humanisme.

Madame Ming tenait donc les latrines masculines du Grand Hôtel à Yunhai, fonction qui, ainsi que le montrait sa prestance altière, prouvait sa réussite. Astiquer les commodités féminines au bout du couloir eût été déchoir en cette nation qui valorise les garçons ; là elle aurait été servante, ici elle était souveraine puisque les mâles défilaient par milliers devant elle, la saluaient, jusqu'à ce que, clémente, elle leur octroyât le droit au soulagement. Lorsqu'on frôlait la porte qu'ornait une robe dessinée, on entendait s'échapper les rires et les jacassements de brunettes qui se remaquillaient en discutant de bagatelles. En revanche, derrière le battant affichant un pantalon, rien de tel, pas un propos échangé, aucune complicité frivole, nul regard d'un individu pour ses comparses, juste quelques soupirs ;

des urinoirs aux lavabos se déployait une dignité empressée, une soumission fataliste, la solidarité de soldats obtempérant aux lois de la nature. Était-ce la présence austère de madame Ming ? L'endroit se muait en un laboratoire d'expérimentation métaphysique et morale où chaque mortel abandonnait l'illusion de la puissance.

Pourquoi, m'objecterez-vous, suis-je en train de vous infliger ces détails ? Laissez-moi vous l'expliquer.

Les transactions de ma firme me conduisaient au sud de la Chine. Au mois de juillet, j'y achetais les jouets qui, le Noël suivant, enchanteraient nos petits ; j'y commandais aussi les babioles, encore plus nombreuses, destinées aux enfants chinois. Poupées, baigneurs, voitures, avions, ces articles en plastique étaient confectionnés pour une somme modique dans la province de Guangdong puis expédiés en France où nos stylistes et nos ouvriers les conditionnaient avant d'en renvoyer une part en Chine. L'aller-retour en cargo n'affectant guère les marges, Européens et Américains utilisaient ce système, de sorte que les marques occidentales dominaient le marché chinois avec des marchandises pourtant fabriquées sur place.

À cause de mon don des langues – j'en parlais déjà sept –, mes directeurs m'avaient dépêché en Asie, pariant que, rapidement, je quitterais l'anglais ankylosé des affaires pour converser en mandarin. Bien anticipé, sauf sur un point : outre le mandarin, je devais me débrouiller en cantonais, l'idiome du Guangdong où les usines de jouets poussaient à la vitesse des champignons.

Ainsi le bourg de Yunhai où je croisais madame Ming prenait un sacré coup de jeune : de village, il était devenu une ville de deux millions d'habitants. L'opération le laissait un peu choqué, hagard, privé de repères. Des immeubles remplaçaient les maisons, des artères les venelles ; la minuscule épicerie de monsieur Yibulaxin, naguère garnie comme une boîte d'épingles, avait été pulvérisée par quatre supermarchés dotés de chambres froides, et les abords champêtres enfouis sous un périphérique à six voies où agonisaient les derniers hérissons. Trop récentes, dressées à la hâte, dépourvues de ces patines, ces crasses, ces usures qui auréolaient de charme les demeures vétustes, les façades monotones paraissaient en carton crépi. Où se trouvait désormais le centre de Yunhai ? Selon une rationalité implacable, les rues croisaient les boulevards, les boulevards les avenues, les avenues l'autoroute ; de larges ronds-points, rendus inaccessibles par le trafic des véhicules, clamaient « Circulez, il n'y a rien à voir » ; seuls les carrefours, surveillés par les feux rouges, se montraient propices aux rassemblements, succédant à l'antique lavoir enseveli par le béton. Ne subsistait aucun souvenir du passé, pas même une ruine au cœur ou à la ceinture de Yunhai. La vertueuse croissance économique balayait tout.

Les vétérans disparaissaient ; ceux qui n'étaient pas morts de stupéfaction devant ces bouleversements se recroquevillaient au fond d'appartements modernes, lesquels offraient autant d'agrément qu'une poubelle neuve.

Indifférente à ces aléas, appliquée, concentrée, sereine, madame Ming incarnait la permanence dans un monde versatile, administrant les toilettes du Grand Hôtel comme si cet établissement récent avait toujours existé, et surtout comme s'il s'agissait d'une mission de la plus haute importance. Dès nos premières rencontres, je ne pus m'empêcher d'estimer que son professionnalisme se gâchait là ; le jour où je finis par le lui dire, elle s'empourpra, embarrassée, puis répliqua en pliant la nuque :

— Accomplir un acte remarquable vaut mieux que d'être remarqué.

Vous étonnez-vous que j'eusse entrepris des conciliabules avec une dame pipi au bout de la Chine ? À votre surprise, j'apporterai trois réponses : mes grands-mères briquaient les planchers des bourgeois ; je ne décline pas une occasion de pratiquer une langue lorsque je l'apprends ; enfin j'utilise une technique de négociation qui consiste à user les nerfs de mes partenaires en brisant la discussion pour m'absenter, méthode qui m'astreint à m'engouffrer aux toilettes aussi fréquemment qu'un patriarche dont la prostate serait bombardée par l'âge.

Un matin donc, je faussai compagnie aux deux commerciaux de Pearl River Plastic Production, et, pendant qu'à l'étage ils bouillaient d'inquiétude au sujet de mes commandes, je bavardai au sous-sol. En cherchant dans ma veste une pièce de pourboire, je laissai une photo glisser de ma poche. L'employée la ramassa, sourit en découvrant le cercle familial.

— Ce sont vos enfants, monsieur ?

— Oui.

— Combien en avez-vous ?

— Deux par chance. Une fille, un garçon. Je n'en espérais pas davantage.

— Dépasser le but n'est pas l'atteindre.

Elle me tendit le cliché. Par politesse, je me sentis obligé de lui retourner sa question.

— Et vous ?

— J'en ai dix.

— Pardon ?

— J'ai dix enfants.

Sur le coup, je crus que ma maîtrise du cantonais chancelait... Par sécurité, je répétai le chiffre « dix » en mandarin, en anglais ; à chaque fois, elle confirma de la tête.

Incrédule, je déployai mes doigts en éventail.

— Dix ?

Pour me tranquilliser, elle énuméra les prénoms :

— Ting Ting, Ho, Da-Xia, Kun, Kong, Li Mei, Wang, Ru, Zhou, Shuang.

L'amour que ces vocables éveillaient en elle, illuminant ses yeux, gonflant ses traits, rendit son visage un instant juvénile.

Sans commenter, j'esquissai une grimace admirative de circonstance, claquai les talons, puis, dare-dare, montai rejoindre les négociateurs.

J'étais abasourdi. Quel mensonge outrancier !

Se figurait-elle que j'allais la croire ? M'estimait-elle stupide ? Chacun savait – même un touriste dépourvu de cervelle – que, pour dompter la démographie, l'État chinois depuis des décennies interdisait aux couples de mettre plus d'un enfant au monde.

Pendant le déjeuner que m'offrirent mes deux interlocuteurs de Pearl River Plastic Production, gardant en mémoire la forfanterie insensée de madame Ming, je m'assurai auprès d'eux qu'on ne faisait pas d'entorses à la loi de l'enfant unique.

— Des exceptions ? Un assouplissement... Dans certaines provinces, au cas où l'époux et l'épouse vivent sans fratrie, on autorise un second enfant.

— À la campagne, quand une fille naît, les paysans conservent le droit d'essayer d'obtenir un garçon.

— Pourquoi un garçon ? décochai-je en feignant l'ahurissement.

— Parce qu'un garçon travaille fort aux champs. Puis il prendra soin de ses parents.

— Ah bon ? Les filles cultivent l'ingratitude, ici ?

— Non, mais dès que la fille part dans sa belle-famille, les siens la perdent.

— Qu'arrive-t-il lorsqu'une jeune mère tombe enceinte ?

— Elle avorte.

— Et si le bébé a déjà vu le jour ?

— Elle paye une amende. Une amende substantielle.

— Une Chinoise peut-elle avoir dix enfants ?

Les deux commerciaux hululèrent, les paupières closes, en tapant la table avec le plat de la main. Crispés, bouche ouverte, ils devinrent plus cramoisis que le cul d'un singe. Sous l'effet des spasmes qui secouaient leur buste, grains de riz, miettes de porc, sauce aux haricots noirs remontèrent derrière leur langue, remplirent leurs joues, gagnèrent les lèvres, annonçant le vomissement.

C'était prévisible, je l'avais cherché : un businessman qui rit rit toujours trop ; alors un businessman chinois…

Quoiqu'elle me gênât, leur hilarité me confortait : m'esclaffer, voilà la réaction que j'aurais dû opposer à madame Ming. L'esbroufeuse ne méritait pas mieux. Quelle sotte !

Aussi maintins-je une distance lorsque, à quinze heures, je repassai devant elle.

Or, depuis l'échange du matin, la baratineuse avait franchi le mur de réserve qui nous séparait et reprit notre dialogue où nous l'avions laissé :

— Monsieur, comment s'appellent vos enfants ?

— Fleur et Thierry.

Bien que j'eusse rétorqué avec un rictus sinistre, elle s'empara des prénoms et, affichant un sourire béat, les répéta, les psalmodia, les roucoula comme les sons les plus mélodieux du cosmos.

— Fleur et Thierry...

L'avouerai-je ? Elle m'émut. Entendre mes chers prénoms prononcés par cette voix limpide, extasiée, dont l'articulation exotique rendait chaque voyelle rare, précieuse, bloqua ma respiration ; une larme coula sur ma main droite.

Dès que j'en eus conscience, je blâmai mon sentimentalisme.

— Pardon, ils me manquent.

— C'est quand le froid de l'hiver surgit que l'on note que le pin et le cyprès se dépouillent de leurs feuilles après les autres arbres.

Bienveillante, elle me tendit un mouchoir en papier.

— La joie se cache en tout, il faut réussir à l'extraire. Pleurez, monsieur, pleurez autant que vous le voulez.

Je gagnai les lavabos où, bouleversé, je sanglotai sans retenue. Effectivement, c'était délicieux. En m'accablant, la mélancolie me comblait car la douleur exaltait l'affection que j'éprouvais pour Fleur et Thierry.

Je me mouchai, ennuyé que cette menteuse m'ait percé, résolu à déguerpir.

Hélas, elle se leva et, un balai à la main, me barra le chemin.

— Quel âge ont Fleur et Thierry ?

— Quinze et treize ans

— À quoi se destinent-ils plus tard ?

— Ils hésitent.

J'ajoutai encore, avec sincérité, allez savoir pourquoi :

— D'ailleurs ça m'inquiète…

Elle approuva.

— Ma sixième, Li Mei, nous a donné ce genre de soucis. Depuis sa naissance, elle percevait des choses que nul ne remarquait : dans les nuages, elle distinguait des visages ; au milieu de la vapeur qui embrume les sous-bois après la pluie, elle admirait des danses exécutées par des génies ; quand elle fixait des blocs de terre, elle détectait en eux des formes qui nous échappaient, un cheval par exemple qu'elle faisait apparaître à force de tripoter, de râper et de polir l'argile. Sur notre plancher, le long des veinures boisées, elle lisait des épopées, des combats, les armées impériales en déroute, des horreurs qui l'épouvantaient tellement qu'elle plaquait ses mains contre ses oreilles pour éviter le cliquetis des armes ou les râles des blessés ; afin de l'apaiser, mon mari colla sur le sol un tapis usé ; coup de bol : entre la trame et les taches, Li Mei déchiffrait la légende du Phénix, une fable dont elle raffolait. Pourtant, Li Mei possédait de mauvais yeux ; très tôt, le médecin l'avait contrainte à porter en permanence des lunettes aux verres aussi épais que le cul d'une bouteille ; je m'étais d'ailleurs tant habituée à ses loupes qu'un jour où je la douchais j'ai sursauté, éberluée de découvrir que, sans sa monture, Li Mei n'avait pas les orbites trois fois plus grosses que ses sœurs. Elle rebutait mon mari. Faut avouer qu'elle ne brillait pas en classe... Si en leçon de biologie, l'enseignant racontait que le lézard se nourrit d'insectes, elle s'indignait en refusant d'écouter la suite ; en cours d'histoire, elle pleurait dès qu'on évoquait la mort d'un empereur; en math, elle riait aux éclats lorsque les lettres *x* ou *y* se mêlaient aux nombres, et gloussait d'excitation si on lui annonçait qu'une ligne droite s'apprêtait à toucher une courbe. Moi j'expliquais ses errements par un excès de sensibilité; mon époux, lui, se reprochait d'avoir engendré une simple d'esprit. «Où allons-nous fourguer cette morveuse qui ne voit pas ce que chacun voit mais voit ce que personne ne voit ?» À l'adolescence, il la traîna au poker avec lui, espérant que, pendant les tournois, elle radiographierait les cartes de ses adversaires et lui permettrait de rafler la victoire. Inutile. Li Mei ne devinait rien, ni as, ni pique, ni carreau. En revanche, elle repérait au-dessus des joueurs une lumière dont la couleur lui indiquait leur degré d'honnêteté, un halo vermillon pour l'escroc, jaune pour le tricheur occasionnel, transparent pour l'incorruptible – normal, la conduite du sage reste sans saveur, comme l'eau. Mon mari s'emballa ! Pendant quelques semaines, il observa son don, contrôla que Li Mei ne se méprenait pas, puis conclut qu'elle pourrait aider la police, la justice, voire les services secrets. Il l'a présentée à un membre du

Parti que nous fréquentions, qui l'a ensuite introduite auprès de son supérieur, lequel l'a emmenée chez un haut responsable. Malheureusement, au-dessus de la perruque du chef, Li Mei a discerné l'auréole vermillon du fraudeur : sa carrière d'espionne s'est arrêtée là. Ensuite mon mari l'a boudée – après cet esclandre, on lui avait ôté son emploi, le pauvre… enfin, j'étais déjà ravie qu'on ne l'ait pas mis en prison. À mon tour, j'ai essayé de trouver un métier à Li Mei. Me rappelant que, enfant, elle décelait des silhouettes dans l'argile et les en dégageait, j'ai envisagé qu'elle pouvait devenir sculptrice, une activité utile, respectée, rémunérée. Li Mei a réussi l'examen d'entrée, entrepris ses études, progressé en croquis ; dès qu'on en vint à la taille, puisqu'elle ne pouvait tirer du minéral que ce qu'elle y constatait, on eut beau lui proposer toutes sortes de pierres, du granit, du marbre, de la lave, elle ne repéra jamais au cœur de ces blocs l'effigie de Mao ni l'escadron de prolétaires méritants qu'on lui demandait de ciseler. Ses professeurs l'ont foutue à la porte.

Elle éclata de rire.

— Eh bien, nous avions tort de nous angoisser : à Pékin, elle illustre des albums.

Vous connaissez Didi, la grenouille chanteuse ? Non ? Pourtant, les gamins s'arrachent les exemplaires... Li Mei les dessine, à partir des textes rédigés par une pédiatre. Franchement, il fallait être elle, capable de surprendre ce que les autres ignorent, pour sauver ces contes, car si on se limite à ce qu'énoncent les dix ou quinze phrases qui composent l'épisode... L'an dernier, elle a épousé un masseur – « un homme qui voit avec ses doigts » – et elle gagne confortablement sa vie désormais. Incroyable, non ?

Sans pouvoir placer un mot ni battre en retraite, j'avais subi sa comédie. Reprenant ma respiration, je murmurai en écho :

— Oui, incroyable...

Dans mon ton ironique, j'espérais qu'elle saisirait que ses craques ne me dupaient pas. Si elle perçut mes réticences, elle trébucha sur leur cause :

— Je vous retarde ? Excusez-moi, monsieur. Lorsqu'il s'agit de mes enfants, j'oublie tout, même la politesse. Je vous supplie de ne pas m'en tenir rigueur. Au revoir, monsieur, à demain.

Je brûlai de lui répondre « Excuse-toi plutôt de fanfaronner, sac à malices ! C'est en me dupant que tu m'offenses », toutefois, soit par sidération, soit par lâcheté, je me contentai de m'incliner et remontai mener mes négociations.

Le lendemain, appréhendant d'endurer sa logorrhée, j'avais décidé de ne pas descendre au sous-sol ; cependant, au cœur d'une transaction, je quittai soudain la table, théâtral, et, par réflexe, m'engouffrai aux toilettes.

Madame Ming me fêta d'un salut de la tête, les yeux brillants.

Trop tard.

Devant les lavabos, je mimai l'homme préoccupé, je me peignai, me rinçai les mains, une fois, deux fois, me frottai les dents, me peignai encore, m'acharnai à éliminer une souillure imaginaire sur ma cravate en la grattant, en la mouillant, en la séchant, bref j'employai niaisement mon temps. Au fond de moi, je maudissais le piège dans lequel je venais de me fourrer en fuyant mes interlocuteurs chez la dame pipi. Ne ferais-je pas mieux de m'enfermer aux toilettes pour jouer avec mon téléphone ? Non, je trouvais cela minable, l'isolement informatique, l'autisme numérique ; si j'avais cédé à cette facilité, je n'aurais jamais pu acquérir neuf langues ni sillonner le globe. Je pestai tant face au miroir que, en mordillant une peau morte sur le bord d'un ongle, je m'entaillai la chair et mon doigt se mit à saigner. La première goutte brune échoua sur la cravate, la deuxième sur ma chemise.

— Merde !

Madame Ming ne comprenait pas le français mais se rua vers moi.

— Laissez-moi vous aider, monsieur. Fiez-vous à moi. J'ai les produits qu'il faut.

Je la toisai : son dévouement semblait sincère. Étrange personnage… Sitôt que je regardais cette affabulatrice, j'éprouvais une sympathie instinctive.

Sans minauder, mon index enveloppé d'une serviette en papier, je retirai ma veste, ma cravate, ma chemise, et lui confiai ces deux dernières ; opportunément, selon la mode chinoise, je portais un maillot en coton blanc à même le torse, de sorte que, une fois ma veste remise, je conservai une apparence décente.

Madame Ming retourna à sa table, saisit une trousse, en retira un chiffon, une fiole, puis décapa les tissus. Par désœuvrement, je m'assis auprès d'elle ; elle me sourit, comme si mon rapprochement exprimait de l'amitié.

— J'ai l'habitude. Mes jumeaux, Kun et Kong, étaient pareils. Oh pardon… Je veux dire : pires que vous. Kun et Kong attiraient les taches. Irrépressibles, de vrais séducteurs. D'où qu'elles viennent, taches de gras, taches de sauce, taches de thé, taches de cambouis, elles se précipitaient, et hop, sur la chemise, sur le polo, sur le pull, près du cœur ! Ça, ils ont commencé très jeunes, mes jumeaux, à collectionner les vêtements éclaboussés, les griffures, les éraflures, les bosses au front, les croûtes aux genoux. Plus téméraires, je n'ai pas connu : ils sautaient des fenêtres, ils grimpaient aux arbres, ils parcouraient les toits ; fallait planquer les échelles ou les cordes ; à peine leur père leur avait-il offert un vélo que les deux se dressaient debout sur la selle. Moi, j'ai d'abord eu peur ; pourtant, au bout de quelques années, je ne m'alarmais plus : ils s'en tiraient toujours ! Auraient-ils désiré plonger dans une mare depuis un rocher de trente mètres, je n'aurais pas cillé. Il y a juste pour les habits que je râlais, vu que je gaspillais des heures à les laver, les étendre, les repasser ; puis ça m'irritait : pouvaient-ils montrer tant d'habileté et tant de maladresse à la fois ? Marcher sur les mains, se bloquer le cou entre les cuisses, exécuter le pont arrière, charrier l'autre sur une épaule, mais ni manger ni boire proprement ? Je subodorais la sournoiserie : s'ils effectuaient des mouvements compliqués, pourquoi rataient-ils les gestes simples ? À l'époque, monsieur, j'ignorais que les élus ne réussissent que l'extraordinaire et loupent l'ordinaire. Le don, c'est inéquitable, autant pour ceux qui le reçoivent que pour ceux qui en manquent. Bref, moi, par flemme, j'ai alors décidé de les laisser en short. Eh bien, figurez-vous qu'ils ne se salissaient plus, qu'ils ne se blessaient plus, qu'ils cessaient de s'écorcher sitôt qu'ils se trouvaient nus ! C'étaient des enfants de cette sorte, des enfants que les habits rendent maladroits, des enfants pas faits pour les chaussures, les pantalons, les chandails, tout ce qui serre ou qui engonce.

— Voici donc votre conseil ? conclus-je. Poursuivre mon métier dévêtu ?

J'avais souri. Elle rougit et s'absorba dans les plis de ma chemise de moins en moins maculée.

Madame Ming détenait vraiment le talent de proférer des mensonges colossaux avec une angélique douceur. Au fond, ses délires m'égayaient ; j'entrai dans son jeu :

— Kun et Kong ont été engagés par un cirque ?

Elle tressaillit.

— Comment le savez-vous ?

Intérieurement, je songeai : « Logique de la fiction... Le récit aboutit à une chute » ; extérieurement, je me bornai à une mine satisfaite. Elle enchaîna :

— Kun et Kong sont devenus acrobates au Cirque national. Ça n'a pas été facile...

— Pourquoi ?

— Parce qu'ils se ressemblent comme deux œufs. Identiques à la perfection. À virer fou. Même moi, leur mère, je m'y perdais ; je n'ai jamais su si la claque que je donnais à Kun frappait Kun, pas Kong – en réalité, ça dépendait de leur bonne volonté. Leur similitude surprenait tellement que lorsqu'ils accomplissaient une acrobatie ensemble, ils n'étonnaient plus. À les voir analogues, si incroyablement analogues, les gens estimaient que la nature avait déjà fait le travail. Pourtant, ils avaient sué, mes jumeaux, afin de peaufiner un estomaquant numéro d'acrobatie où ils réalisaient des mouvements synchrones. Un bide ! Les gens bâillaient... Quelle cruauté ! Ils considéraient en chaque garçon le reflet de l'autre dans un miroir. Et ça n'épate personne, un reflet… J'ai dit à Kun et Kong qu'ils devaient se différencier, risquer des coiffures opposées, des costumes mal accordés, des maquillages disparates ; j'ai aussi insisté pour que Kun grossisse et que Kong maigrisse. Les pleurs ! Un drame… Je n'ai pas fléchi. Ils m'ont obéi. Non seulement on ne repérait pas des jumeaux mais on ne suspectait pas leur parenté. Dès qu'ils présentèrent une nouvelle fois leur numéro, les gens applaudirent debout.

— Vous rendent-ils souvent visite ?

Elle s'assombrit.

— Non. Le Cirque national voyage beaucoup. Partout. Récemment, je crois qu'ils sont allés dans votre pays… en France… la ville de… Maroco… Manoco.

— Monaco ?

Elle me remercia, heureuse de rectifier son erreur, et répéta afin de mémoriser la prononciation :

— Monaco ! Monaco ! Monaco !

Je ne savais si elle me touchait ou si elle m'horripilait en tenant à ce que les détails de sa jactance improvisée demeurassent véridiques.

— Monaco n'est pas une ville française, quoiqu'elle se situe en France, mais une principauté, précisai-je. Un royaume sur un rocher.

Madame Ming fronça les sourcils, sceptique. Un royaume sur un rocher ? Une ville non française sur le territoire français ? Cela ne la convainquait pas et, louchant presque, elle me jaugea avec méfiance.

Ce fut l'étincelle qui mit le feu aux poudres. Quel culot ! Douter de mes paroles alors qu'elle me flouait sans vergogne en se créant des enfants ! La colère m'embrasa. Malgré moi, je tentai de la mettre en contradiction :

— Madame Ming, les autorités ne se sont pas offusquées que vous ayez dix enfants ?

— Nous vivions à la campagne, dans une maison très isolée.

— Personne ne vous a dénoncés ?

— Que faisions-nous de mal ? Mon mari et moi désirions dix enfants, nous en avons eu dix, nous les élevions bien. Pourquoi les gens nous auraient-ils cherché des poux ?

Je soupirai mais ne cessai pas mon interrogatoire :

— Un voisin jaloux, frustré, aurait pu vous dénoncer.

— Nous déménagions souvent.

— Un instituteur aurait pu être intrigué par…

— Nos enfants portent des noms différents. Nous leur avons demandé de se prétendre cousins plutôt que frères et sœurs.

Je constatai qu'elle avait assez réfléchi à son canular pour le rendre crédible ; sans doute n'étais-je pas le premier à qui elle racontait cette parade des dix enfants…

— Certains vivent-ils aujourd'hui avec vous ?

— Non, aucun.

— Pourquoi ?

— Ils sont adultes. Ils travaillent.

— Ici ?

— Un peu partout. Parfois loin.

— Bizarre, non ?

Elle se cabra sur son tabouret.

— Après la mort de mon mari, je me suis installée à Yunhai.

— Pourquoi ?

Elle haussa les épaules, regrettant d'énoncer une évidence :

— Il y a des emplois, ici. J'ai été ouvrière trois ans à la fabrique Pearl River Plastic Production avant d'obtenir ce poste au Grand Hôtel.

Je m'exclamai, émerveillé :

— Pearl River Plastic Production ? Moi aussi, je commerce avec eux ! Drôle...

Elle darda sur moi un regard hostile, estimant qu'il n'y avait matière ni à rire ni à s'ébahir – Pearl River Plastic Production fournissait la plupart des emplois à Yunhai.

— Chez Pearl, dans quel service travailliez-vous, madame Ming ?

— À l'atelier des poupons.

Elle me remit ma cravate, ma chemise, saisit son sac, y rangea ses ustensiles, vida les piécettes de son écuelle et, sans relever les sourcils, me dit d'un ton poli mais acerbe :

— Bonsoir, monsieur.

Je la remerciai, la saluai et pris, machinal, l'escalier ; au milieu des marches seulement, je m'aperçus que la dame pipi venait de me congédier.

Le lendemain, on me conduisit à l'usine Pearl River Plastic Production que le directeur, flanqué des deux vendeurs dont j'épuisais la patience, tenait à me faire visiter.

Dans d'immenses hangars – quatre murs et un toit, architecture minimale –, des centaines d'employés fabriquaient les jouets en silence. D'un bâtiment à l'autre, la répartition des tâches reproduisait le sexisme de nos sociétés : les mâles manipulaient les voitures, les femelles les poupées.

L'atelier des poupons, celui où avait officié madame Ming, m'impressionna. D'amples bennes grillagées convoyaient des membres roses, identiques, classés : la caisse des têtes, la caisse des torses, la caisse des bras droits, la caisse des bras gauches, celle des jambes droites, celle des jambes gauches. Déversés brutalement, ces fragments anatomiques partaient sur des tapis roulants puis étaient saisis par les ouvrières pour de brèves soudures afin de terminer, à l'extrémité de la manufacture, assemblés en baigneurs.

On aurait dit un abattoir à l'envers, où les êtres arrivaient morcelés et ressortaient entiers.

Mille bébés naissaient ici chaque jour. Parce que les femmes portaient un écran de papier sur le visage, des charlottes bleues autour des cheveux, elles semblaient des infirmières mettant des enfants au monde. Étranges nurses, précises, lestes, sans états d'âme, qui accrochaient une tête à un torse décapité, articulaient des bras, vissaient des jambes, rejetaient à la poubelle un pied bancal ou un crâne fendu, tiraient sur les carcasses pour tester leur solidité, jusqu'à ce qu'elles présentassent un ravissant nourrisson nu à l'infirmière-chef, laquelle, en bout de chaîne, contrôlait sa viabilité. De prestes mains de couturières habillaient les élus de culottes, de pyjamas, de salopettes, avant de les agglutiner dans une caisse. Pour qu'on se crût en une maternité, il manquait la criaillerie, les gloussements, la liesse, les compliments, les rires ; on n'entendait que les machines.

Près de l'issue, j'observai les corps entassés : ils évoquaient tant des individus réels que leur promiscuité me choquait. Leur similitude aussi me pétrifiait. Lequel choisir ? Pour lequel opter ? Pourquoi celui-ci plutôt que celui-là ? Pendant cette méditation, j'eus le malheur de contempler l'usine d'une façon panoramique : les ouvrières asiatiques, masquées, chapeautées, affublées de blouses turquoise, se ressemblaient ! Je frissonnai... Quoi ? C'était cela, notre condition ? Nous nous croyons rares alors que nous provenons du même moule ? Pareils, y compris par la prétention d'être uniques...

Afin de me détacher de ces considérations sinistres, je m'ébrouai, accomplis quelques pas, allai effleurer les poupons. Si, aujourd'hui, ils restaient interchangeables, demain, dès qu'ils seraient adoptés par un enfant, ils se différencieraient, remplis d'amour, tatoués d'une histoire, marqués par les expériences. C'est l'imagination qui singularise, l'imagination qui arrache à la banalité, à la répétition, à l'uniformité. Dans le destin des jouets, je repérais celui des hommes : seule l'imagination, produisant des fictions et forgeant des liens rêvés, crée des originaux ; sans elle, nous serions proches, trop proches, analogues, aplatis les uns sur les autres dans les bennes de la réalité.

Madame Ming bluffait légitimement. Parfois le sort cogne de manière si abrupte qu'il suffit d'une pointe de fantaisie pour l'attendrir. Quand je songeais aux trois années qu'elle avait passées ici où la vie se réduisait à des tâches ineptes réitérées douze heures d'affilée parmi des collègues automates, je comprenais son besoin de s'évader, de partir, de respirer un autre air. Oui, dans cette prison, l'illusion demeurait le ciel par lequel on s'échappe. Le roman de ses dix enfants la sauvait.

De retour au Grand Hôtel, je descendis aussitôt au sous-sol, plein d'une compassion nouvelle envers madame Ming et ses leurres ; je tenais donc à effacer la néfaste impression que j'avais donnée la veille, lorsque j'étais devenu défiant puis inquisitorial.

Madame Ming m'accueillit avec réserve. Pendant que je me lavais les mains, je perçus son œil froid qui, de loin, collait à mes gestes.

Comment rompre la glace ?

Soudain, je fonçai vers elle.

— Excusez mon attitude d'hier. Mes questions vous ont embêtée et je vous ai à peine remerciée d'avoir nettoyé mes vêtements.

— Ça n'a pas d'importance.

— Si.

— Agis par gentillesse mais n'attends pas de gratitude, marmonna-t-elle, davantage pour elle que pour moi.

— J'adore que vous évoquiez vos enfants, madame Ming. Je vous sens tellement bonne mère.

Désarçonnée, elle s'empourpra. J'en profitai :

— En plus, vous avez été gâtée ! Vos rejetons s'apparentent à des tigres et à des dragons. Vous ne m'en avez décrit que trois, Li Mei, Kun, Kong, or je parie que les autres sont remarquables.

Elle bafouilla, charmée :

— Normal. Chaque être se révèle unique. Dans le cas contraire, c'est nous qui ne le voyons pas.

— Parlez-moi d'eux.

— Vous...

— J'ai retenu que vous avez une petite Da-Xia. Quel prénom exquis...

— Da-Xia ? Un joli nom mais une enfant terrible qui n'avait qu'une obsession : tuer madame Mao.

— Pardon ?

— À cinq ans, la morve au nez et des tresses aussi fluettes que de la ficelle, Da-Xia nous a annoncé : « Quand je serai grande, j'assassinerai madame Mao. » Puis elle a ajouté avec un regard atroce : « Peut-être même avant ! » Mon mari et moi avons éclaté de rire bien sûr, ses frères et sœurs également, car nous prenions cette menace pour une bravade d'enfant. Pas du tout ! Da-Xia s'est bloquée sur cette idée, elle a poussé autour. Sans cesse, elle ourdissait son projet meurtrier, en rêvant la nuit, y cogitant le jour. Auprès des adultes, elle s'informait sur les manières de zigouiller quelqu'un ; dès qu'elle sut lire, elle consulta les encyclopédies. Effrayant d'élever une fillette experte en poisons, calée sur les carabines, qui s'exerce chaque matin aux armes blanches en vous exposant les quinze manières d'étouffer un humain. Un moment, j'ai eu peur qu'elle ne s'entraîne sur les animaux de la ferme, voire sur ses frères et sœurs ; or, quoiqu'irascible, soupe au lait, prompte à la hargne, Da-Xia se montrait loyale envers les siens. En revanche, si l'on mentionnait madame Mao…

— Pourquoi madame Mao ?

— Da-Xia haïssait cette bique galeuse qui avait massacré les Chinois par centaines de milliers pendant la Révolution culturelle, envoyé en camp de rééducation des gens brillants pour les avilir et ravager leur talent, promouvant des imbéciles, dézinguant le théâtre, l'opéra, la musique. On ne l'appelait pas sans raison « la sorcière aux os blancs », celle qui avait accumulé les cadavres… En plus, à la mort du Grand Timonier, elle avait considéré que le pouvoir lui revenait ! Vous souvenez-vous de la Bande des Quatre, ces voyous de Zhang Chunqiao, Yao Wenyuan, Wang Hongwen et la veuve Mao ? Da-Xia est arrivée à la conscience pendant leur jugement. Le procès passait à la télévision. Ils étaient devenus des vedettes. Grâce à eux, le nouveau régime martelait qu'il en finissait avec le chaos, les exterminations, la politique radicale, le gauchisme exacerbé, ce que nous avions subi naguère. Nous, le peuple, n'étions pas dupes ; nous présumions que le gouvernement nous interprétait une farce : s'il exhibait des tyrans, il les transformait en boucs émissaires. Or, on avait beau flairer la manœuvre, dès qu'on voyait le spectacle on l'oubliait. Observer cette chienne de Mao vociférer dans le poste, le doigt pointé, la rage aux lèvres, crachant sur ses accusateurs, c'était effrayant, passionnant et désopilant. Là, l'ancienne starlette de Shanghai avait enfin trouvé du public ; pourtant elle ne jouait plus. Da-Xia demeurait rivée à l'écran, tel un chat devant une cage à oiseaux. Quand la veuve Mao fut condamnée à mort, Da-Xia a applaudi et dansé jusqu'à minuit autour de la table. Néanmoins, le tribunal accorda deux ans de sursis à cette despotique vieillarde pour qu'elle puisse se repentir ; ma Da-Xia, qui ne jouissait pas d'une vaste expérience de la vie, devina cependant que la Mao n'exprimerait jamais ni remords ni regrets ; elle décida donc de l'occire.

— Une justicière ?

— Trucider est-il juste ? Que madame Mao vécût des années sans qu'on songeât à appliquer sa peine, voilà ce qui choquait Da-Xia – et tant de nos concitoyens. Da-Xia comptait remplacer le bourreau. Puis...

— Puis ?

— La télévision a annoncé que madame Mao, dans son appartement, s'était donné la mort. Da-Xia écumait de rage. L'oppresseuse lui avait volé son geste. Or le pire restait à venir... Peu après, nous avons appris que le suicide s'était produit deux ans plus tôt. Deux ans ! Pendant vingt-quatre mois, les autorités l'avaient occulté. Da-Xia s'effondra : non seulement on lui fusillait son destin, mais elle découvrait que, ces dernières années, elle s'était évertuée en vain à se perfectionner dans l'assassinat. De ce jour, elle ne sortit plus de sa chambre et renonça à s'alimenter.

— Qu'avez-vous fait ?

— Son père lui a proposé de détester d'autres tyrans dont il avait dressé une liste. Pas question ! Da-Xia l'a éconduit.

— Alors ?

— Je lui ai dit : « Ma fille, si tu rencontres un homme de valeur, cherche à lui ressembler ; si tu rencontres un homme médiocre, cherche ses défauts en toi. » Elle a compris.

— Moi pas...

— Vous me rappelez mon mari... Da-Xia pâtissait du même tempérament que madame Mao, vive, emportée, dure, indépendante, manipulant ses proches, câline plus qu'aimante, séductrice davantage que séduite. Si madame Mao avait exclu, gamine, qu'on lui bande les pieds, Da-Xia déchirait les robes que Ting Ting, sa sœur aînée, lui passait. Lorsqu'elle lorgnait quelque chose, elle estimait que tout le monde devait le vouloir avec elle. Alors que madame Mao avait lancé aux responsables communistes « Me servir, c'est servir le peuple », Da-Xia criait à ses frères qui refusaient de lui céder leur canif : « M'aider, c'est aider la justice. » À l'instar de madame Mao, Da-Xia s'était convaincue qu'elle était une fille extraordinaire, bien au-dessus des masses ; quand un adulte ne s'en rendait pas compte, elle s'en froissait puis devenait vite agressive. Tuer madame

Mao revenait surtout à tuer la madame Mao qui se trouvait en elle.

— Bravo !

— Avoir des défauts et ne pas s'en corriger, là réside la tare. Da-Xia nous prouva qu'elle était perfectible. Elle s'attacha à lutter contre son caractère plutôt que contre le fantôme de madame Mao. Le sage décèle en lui la cause de ses travers ; le fou en accuse les autres.

— Où vit-elle ?

— À Hong Kong. Chasseuse de têtes. Et elle a déjà épuisé trois maris.

— Comme madame Mao…

Madame Ming gloussa à ma remarque, m'indiquant que, quoique absorbée par son récit, elle ne manquait pas d'humour.

— Oh, reprit-elle, gourmande, à ce sujet sa sœur Ting Ting…

À cet instant, un homme aussi pansu que haut entra. Elle se figea. Le gaillard frétillant, épais de traits non moins que de corps, un sourire à lui déchirer la bouche, les tempes suantes, se mit à beugler dans une langue qui m'échappait – le hakka. Excessivement affable, il tapota les épaules de sa compatriote, puis fila vers un urinoir. Fredonnant le temps de soulager sa vessie, il rota, apostropha madame Ming, lui hurla encore une tirade ponctuée de rires faux, enfin s'éloigna en omettant de déposer un pourboire.

— Un cousin à vous ? demandai-je.

— Non.

— Il paraissait bien vous connaître.

— L'homme supérieur se montre amical sans familiarité ; l'homme vulgaire se montre familier sans amitié.

Comme un essaim d'Américains rappliquait, je laissai madame Ming assurer son ministère de la propreté.

Les cinq jours suivants, je les consacrai à un voyage à Shenzhen afin d'établir des contacts. De retour à Yunhai, pressé de conclure mes négociations, je savais que ne subsistait qu'un court délai pour recueillir les fantasmagories de madame Ming.

Le lundi, j'apportai une boîte de confiseries françaises dénichée à Shenzhen.

— Tenez, madame Ming, je ne reviendrai pas avant six mois : voici un modeste cadeau.

Émue, elle protesta, refusa, puis accepta, saisit le paquet, hésita à l'ouvrir, y consentit, protesta de nouveau en s'émerveillant devant les chocolats, me les rendit en alléguant qu'ils étaient trop somptueux, puis les réaccepta, me remercia quinze fois, insistant pour que je les déguste en sa compagnie.

Nous nous assîmes l'un en face de l'autre, autour de sa fragile table, les pourboires et les gourmandises entre nous.

— Décrivez-moi Fleur et Thierry, exigea-t-elle après avoir avalé, avec moult piaulements de contentement, une ganache pralinée.

Devinant que je serais privé de récit si je n'obtempérais pas, je narrai des anecdotes sur eux.

Pendant que je retraçais ma vie auprès de Fleur et de Thierry, elle me scrutait. Sous le laser de son regard, je m'essoufflais, de moins en moins convaincu de l'intérêt de ce que je racontais.

Au bout de quelques minutes, gêné par l'intensité de son attention, je capitulai :

— Madame Ming, prodiguez-moi vos conseils. Vous qui semblez une mère avisée, améliorez le médiocre père que je suis.

Ses joues couperosées rougeoyèrent davantage. Elle m'adressa une moue réticente.

— Inutile.

— Pourquoi ?

— L'expérience est une bougie qui n'éclaire que celui qui la tient.

Bien que je la sentisse sur la réserve, j'insistai. Elle interrompit mes supplications :

— Pourquoi me trompez-vous ?

— Pardon ?

— Je vous apprécie beaucoup, monsieur, et je vous suis très reconnaissante de votre sollicitude, mais pourquoi mentez-vous ?

Médusé, je restai la bouche ouverte, ébahi par l'ironie de la situation : cette femme qui élucubrait des bobards, cette femme qui s'inventait dix vies, cette femme qui prétendait l'impossible, m'accusait de duplicité !

Secouant la tête, elle ajouta d'une voix tremblante d'émotion :

— Je suis amie avec Na, à la réception, là-haut. Accidentellement, nous avons parlé de vous. Pour vérifier que nous évoquions la même personne, elle a imprimé votre fiche d'identité.

Je blêmis. Elle poursuivit, terrifiante et suave :

— Qui sont le garçon et la fille sur la photo que vous conservez ? Selon les documents officiels, vous n'avez pas d'enfants.

C'en était trop. Je quittai la pièce, remontai dans ma chambre. Du lit, je donnai un coup de fil qui remettait mon rendez-vous, prétextant une indisposition. Sur ce point d'ailleurs, je n'exagérais pas car je passai la journée et la nuit à vomir. Vomir faute de pleurer. Vomir pour me libérer de mes frustrations. Vomir afin de me vider de moi.

Oui, madame Ming visait juste : je l'avais bernée.

Non seulement j'avais plastronné mais j'avais oublié ma vantardise. Lorsque la photo de mes neveux s'était échappée de ma poche deux semaines plus tôt, j'avais laissé madame Ming conjecturer qu'il s'agissait de mes enfants ; outre que sur le moment cette confusion n'avait pas d'importance, l'équivoque m'avait arraché un frisson de plaisir ; je n'avais osé ensuite revenir en arrière ; mieux, je m'étais délecté à prolonger cette imposture, grisé de voler à ma sœur ses rejetons, enivré de me raconter en père.

Le mardi matin, dans le but de regagner mon estime, je finalisai en trois heures les contrats, puis, ma corvée accomplie, comme si mes pieds décidaient pour moi, je m'engouffrai au sous-sol.

Madame Ming qui escomptait ma venue piaffa de satisfaction en me voyant surgir.

Alors que je demeurais debout, bras ballants, elle me reçut avec mansuétude, tel un convalescent.

— Pourquoi ? murmura-t-elle.

Je détournai les yeux.

— Pourquoi quoi ? Pourquoi vous ai-je mystifiée ou pourquoi n'ai-je pas d'enfants ?

— Pourquoi n'en avez-vous pas ?

— J'aime partir, bouger, voyager.

— Des millions de pères s'absentent sans scrupules.

— Parmi les femmes que j'ai rencontrées, je n'ai pas trouvé une mère.

— Dites plutôt que les femmes qui vous ont rencontré n'ont jamais trouvé un père en vous.

Elle remua sa soucoupe à pièces et renchérit :

— Dommage ! Vous auriez dû vous risquer... Mon deuxième, Ho, me l'a avoué : son fils a dépisté le père en lui ; dès les premiers instants, le regard du nourrisson l'a chamboulé, forcé à grandir. Par ailleurs, Ho n'a aucun mérite à avoir fabriqué un enfant

– à supposer qu'il s'en soit rendu compte –, il reste un inconséquent, un parieur, un joueur de poker, un tordu de la roulette, un obsédé du mah-jong, un garçon qui croit dominer le hasard et qui se ruine en essayant de le prouver. Le raté qui se portraiture en héros... Inquiétant ! Ho n'apprend pas de ses erreurs. Sa femme l'a répudié, ses amis l'ont fui. Il m'afflige : si à l'âge mûr on s'attire encore la réprobation, on n'a plus rien à espérer.

Elle poussa un énorme soupir qui secoua sa frêle poitrine.

— Quand je songe à Ho, je préférerais devenir une maman chêne ou une maman tilleul. Les arbres sont le contraire des hommes : à mesure qu'ils s'élèvent, ils cherchent le ciel.

Elle s'arrêta, consciente de s'égarer, puis me considéra, les yeux humbles.

— Ne vous voilez pas la réalité. Autorisez-vous à souffrir de manquer d'une famille. Parfois, il faut ouvrir la porte à la douleur.

Cette porte, en tout cas, madame Ming me la tenait grande ouverte... Mon cœur s'affolait, je percevais l'épaisseur du vide, cette lacune d'enfants dans mon existence. Était-il trop tard ? Fonderais-je une famille ?

Comme si elle m'entendait penser, elle répondit :

— Il est encore temps. Vous avez la veine, vous, les hommes, de pouvoir arriver en retard à ces rendez-vous.

Alors que j'aurais dû la remettre à sa place, lui expliquer que ses reproches valaient pour elle autant que pour moi, je m'abstins.

Quand un groom déboula, me signalant qu'une voiture à destination de Pékin m'attendait, je bredouillai quelques formules d'adieu.

Je retrouvai Paris et oubliai tout, la Chine, madame Ming, ses dissimulations, les miennes – l'avion les avait effacées en parcourant les huit mille deux cents kilomètres ; mes interrogations restèrent là où elles étaient apparues, à Yunhai.

De retour à Saint-Germain-des-Prés, je me précipitai dans les bras de mon amie Irène, une beauté que je fréquentais assidûment, à la conduite aussi libre que la mienne. Trente-quatre ans, rousse, élancée, insolente, les cuisses irrésistibles, avocate spécialisée en propriété intellectuelle, elle représentait la femme dont j'aurais pu tomber amoureux si j'avais accepté de tomber ; or j'imposais en préalable à mes partenaires que je ne me fixerais pas et je maintenais ce principe.

Au sortir du lit, après des étreintes rendues plus ardentes par la séparation, Irène m'apprit qu'elle était enceinte.

Un long silence de ma part suivit sa déclaration.

Elle répéta.

La fureur m'envahit, mes lèvres parlèrent toutes seules :

— J'ai couché avec toi mais à aucun moment il n'a été question de faire des enfants.

— Un accident.

— Et je serais le père, selon toi ?

— Il y a de fortes probabilités.

— J'en doute.

— D'accord, je n'en suis pas certaine... Pourtant j'en suis persuadée.

— Qui d'autre postule au rôle de géniteur ?

— Ceux que tu sais, Pierre mon ancien mari, et Benoît un amant de passage.

Tirant parti de sa franchise, je lui annonçai que je la quittais et je vidai les lieux sans moisir.

Irène me regarda partir, les lèvres serrées, les yeux durs, consternée. Alors que j'appréciais son indépendance, son culot, son audace libertine, Irène m'encombrait dès lors qu'on glissait sur le terrain de la famille. De ce jour, je ne répondis plus à ses appels ni à ses mots.

Ma firme m'expédia en Amérique du Nord, puis en Scandinavie. Furtivement, pendant ces trajets, je compris que, depuis des années, je me défendais de m'engager, je me protégeais de l'introspection par une activité soutenue. Mes déplacements me garantissaient que je perdais ma trace. Chaque mission produisait une amnésie de mon existence antérieure en me proposant des éléments inédits à assimiler ; à la faveur de circonstances nouvelles, je n'affrontais des problèmes qu'à l'extérieur de moi, jamais à l'intérieur. L'illusion des commis voyageurs…

Sept mois plus tard, à peine le pied sur le sol chinois, comme si je développais une allergie locale, le souci d'élever des enfants me dévasta.

Je fulminais. Pourquoi ? Pourquoi ici ? Si la Chine excitait ma fibre paternelle, était-ce parce que les multitudes massées autour de moi me contaminaient en me poussant à ajouter de la vie à la vie, ou était-ce au contraire cette sévère limitation des naissances qui me renvoyait à mon cas ? Sur mon téléphone, je me mis à relire les messages d'Irène, laquelle me tenait informé de sa grossesse par de brèves notations factuelles.

Dans la voiture qui m'amenait au Grand Hôtel de Yunhai, mon chauffeur brancha la radio. Pendant le bulletin, un officiel se félicita justement que, grâce à cette loi de l'enfant unique, 400 millions de Chinois n'étaient pas nés. La remarque m'abasourdit : comment pouvait-on se réjouir de 400 millions de fantômes ? Autrement dit, 400 millions d'absents… Pourquoi investir sur le néant plutôt que sur l'être ? Parmi ces foules de Chinois non venus au monde se trouvaient sans doute des gens intelligents, des gens superbes, des gens désirés, des gens courageux, et puis le nouveau Mozart, le prochain Einstein, le futur Pasteur, ceux dont le génie aurait changé l'humanité entière… Non, ici, à part madame Ming, cela ne choquait personne: craignant la surpopulation et son corollaire la famine, le gouvernement, les membres du Planning familial exultaient qu'il n'y ait rien… 400 millions de fois rien…

Arrivé à ma chambre, je décidai de temporiser avant d'aller saluer madame Ming.

Or je ne pensais qu'à elle… J'avais envie qu'elle me parle, qu'elle me raconte les aventures des rejetons qu'elle aurait ambitionné d'éduquer. À travers ces broderies où s'épanouissait son imagination, je sentais sa carence d'enfants, sa nostalgie de transmettre, son aspiration à aimer. Les miennes aussi ?

— Quelle idée idiote ! Pourquoi tarder…

Cinq minutes après ma résolution de patienter, je me présentai à madame Ming.

Une vraie joie nous envahit, une joie vive, robuste, qui nous surprit nous-mêmes. Profitant de ce que les clients se rendaient peu aux toilettes à cette heure-là, nous bavardâmes, insatiables, attentifs à éviter les thèmes qui fâchent: elle ne mentionna pas Fleur et Thierry, j'omis de lui préciser que j'avais compris qu'elle fabulait.

Malgré nos précautions, la famille débarqua vite dans la conversation. Quoiqu'un

Chinois ne discute pas de politique avec un inconnu, encore moins avec un étranger, quand j'évoquai le discours de l'officiel au sujet de la dénatalité, elle pouffa.

— En Chine, on a réduit la besogne des parents à un seul enfant mais cela n'améliore ni les parents ni les enfants. Maintenant, il y a des millions de géniteurs crispés, inquiets et hystériques trottant derrière un fils qui se croit l'empereur. Notre pays devient une fabrique d'égoïstes surveillés par des névrosés.

— Dans le couple, qui s'avère le plus frustré, selon vous ? L'homme ou la femme ?

— La femme, bien sûr.

— Pourquoi ? Cela me semble égal...

— Oh je sais : pour la reproduction, l'homme et la femme font un effort louable de répartition du travail.

— Sauf que, à mon avis, l'homme roule la femme. Il prend son pied puis s'en va tandis qu'elle tombe enceinte.

— Ce sont les apparences, monsieur, ça. La maternité n'a de réalité que chez les femmes. Un plaisir qui dure longtemps.

Elle se gratta le chignon et poursuivit :

— Cette loi de l'enfant unique produit un bénéfice : les parents ne s'entichent pas d'un membre de leur progéniture davantage que d'un autre. Ils n'ont pas le choix. Du coup, aucun enfant ne croira plus qu'on lui a préféré son frère ou sa sœur. Moins de souffrance. Moins de laissés-pour-compte.

— Avez-vous éprouvé cela ?

— Ru et Zhou ! Deux fils que j'ai eus à deux ans de distance. Des enfants en or, dotés de dons exceptionnels. Oh, j'en parle avec orgueil mais sans vanité, monsieur... S'ils sortaient de mes entrailles, ce n'était pas moi qui avais joué leurs qualités aux dés ; la Chance y avait mis sa main. Quels résultats ! Ru se montra un monstre de mémoire, Zhou un monstre d'intelligence. Ru retenait tout, les termes, les signes, les dates, les anecdotes puis, dès qu'il sut lire, les livres qu'il dévorait. Il assimilait des monceaux d'informations sans jamais être rassasié. Sa mémoire ne se limitait pas à une bouche qui engloutissait tout, elle contenait aussi un estomac affamé. Fallait lui jeter de la pitance sinon il absorbait n'importe quoi, les modes d'emploi, les horaires de trains sur le territoire chinois et leurs milliers de correspondances, la météo jour par jour des dix dernières années dans de vieux almanachs, voire, grâce à des revues héritées de ma grand-mère, les programmes des music-halls à Shanghai durant les années 1920. Au début, mon mari lui fournissait des dictionnaires qu'il empruntait au bureau – il était fonctionnaire – ou des brochures du Parti ; il les lui tendait ainsi qu'on lance des os à un chien, pour le distraire. Toutefois, lorsque notre bambin se mit à causer américain après avoir ramassé un manuel d'anglais dans une poubelle, nous sommes convenus de nous occuper sérieusement de son éducation. L'instituteur a conseillé qu'il cultive les langues. Ru, en quelques années, a acquis une connaissance exhaustive des dialectes d'ici – le wu, le kan, le hakka, le xiang, le min –, et du tchèque, du hongrois, du russe, du bulgare, de l'albanais, les idiomes des pays amis communistes pendant les années où l'on avait édifié la bibliothèque de l'école. Seulement, si nous étions impressionnés, nous n'étions pas dupes. Premièrement, parce que Ru n'avait qu'une notion livresque de ces langues qu'il n'avait pas entendues – nous nous en sommes rendu compte en face de ce Hongrois qui mourait de rire à chaque propos de Ru. Deuxièmement, parce que Ru n'émettait pas d'idées singulières, comme si sa mémoire avait remplacé l'intellect. Oh, il pouvait discuter en six ou sept langues, mais que disait-il ? Sa conversation lambinait. Rien d'original ne venait traverser son crâne truffé de lexiques, non, pas une image neuve, pas un point de vue personnel, pas une réaction piquante. Zéro. Un cul-de-jatte perché sur le vélo le plus perfectionné du monde. Au contraire, Zhou, son frère cadet, manifestait une intelligence véloce. Il n'a certes pas parlé tôt ; en revanche, il a d'emblée délivré des phrases complètes, et quelles phrases ! À trois ans, il a justifié de quitter ses frères et sœurs pendant les jeux par ces mots : « Pas trop d'isolement, pas trop de relations, l'exact milieu, voilà la sagesse. » Peu après, lorsque je lui demandai pourquoi il caressait les pommes de terre au lieu de les éplucher ainsi que je l'en avais prié, il s'exclama : « Celui qui déplace la montagne commence à enlever les petites pierres. » Alors que son père le grondait suite à une bêtise, au lieu de se rebiffer comme ses frères ou de pleurer comme ses sœurs, il demeura paisible ; quand mon mari, épuisé, s'enquit de ce comportement, il sourit : « L'herbe, si le vent vient à passer, s'incline nécessairement. » Au début, sa répartie nous fascina. Cependant, nous découvrîmes qu'il n'enrôlait sa perspicacité qu'au service de la paresse et de la raillerie. Pondre des sentences lui servait surtout à camoufler qu'il ne fichait rien, n'apprenait pas grand-chose et se moquait des autres. Ru constituait sa cible principale. Zhou ricanait dès qu'il étalait un nouvel acquis. Un matin où je me scandalisais qu'il méprisât les dons de son frère, il rognonna : « Entendre ou lire sans réfléchir est une occupation vaine. » Ru éclata en sanglots en hurlant « Méchant ! ». Zhou haussa les épaules et riposta : « On peut feindre d'avoir des sentiments mais on ne peut pas prétendre avoir des idées. » Je l'ai rabroué : « Ton frère n'économise pas ses efforts, au contraire de toi qui dors sur tes facilités. Il te dépassera car l'avide d'étudier s'approche du savoir. — Ah oui, répondit l'effronté, Ru a dû oublier de descendre à l'arrêt du bus. » Je l'ai réprimandé puis lui ai proposé, s'il s'estimait supérieur, d'aider son frère. « D'accord », conclut-il. Qu'échafauda-t-il ? Nous admirâmes le résultat : Ru, après quelques soirées, se mit à asséner des observations judicieuses, pénétrantes, adéquates à la situation. Tandis que nos dix enfants discutaient de leur avenir professionnel, Ru déclara soudain :

« Choisissez un travail qui vous passionne et vous n'aurez pas travaillé un seul jour de votre vie. » Le lendemain, alors que mon mari rapportait qu'au bureau son supérieur l'avait harcelé bien qu'il ait accompli ses tâches et secouru ses collègues, il proclama : « L'homme supérieur ne demande rien qu'à soi-même ; l'homme trivial et déméritant demande tout aux autres. » Mon mari, flatté, remercia Ru de sa pensée, Zhou d'avoir développé l'acuité de son frère. Les semaines suivantes, le festival s'intensifia. À l'occasion, la remarque détonnait – ainsi quand il dit, pendant que nous évoquions la différence de goût entre les litchis et les kumquats : « Difficile pour le pauvre de n'éprouver aucune rancune ; facile pour le riche de ne pas s'enorgueillir. » Ces incongruités arrivaient rarement et, le cas échéant, Ru semblait si sûr de lui que nous supposions n'avoir pas compris. Bref, ses saillies nous ébranlaient tant que nous négligeâmes de complimenter Zhou. Aussi prit-il moins de précautions et nous poussa-t-il à déceler le secret qui conférait de l'esprit à Ru. Zhou avait ordonné à son frère d'assimiler par cœur les *Entretiens* de Confucius, dont il avait numéroté les maximes.

Durant nos papotages, Zhou soufflait un nombre à Ru et celui-ci, une seconde plus tard, prononçait la sentence éblouissante. Avec sa mémoire d'acier, Ru ne s'embrouillait jamais, au contraire de Zhou, lequel, dilettante, cafouillait, confondait la 83 et la 135, ce qui amenait dans la conversation un aphorisme absurde. En même temps, Zhou était tellement retors que je le soupçonnais de se fourvoyer exprès pour pouvoir jubiler des absurdités émises par son frère… Enfin vint l'horrible dilemme.

— De quoi s'agit-il ?

— Nos deux garçons bénéficiaient de dons : lequel allions-nous pousser en l'envoyant dans une école d'élite à la capitale ? Non seulement nous manquions d'argent, mais l'oncle qui offrait de nous dépanner à Pékin ne possédait qu'une chambre exiguë.

— Alors ?

— J'ai réuni mes deux fils et j'ai dit : « Apprendre sans réfléchir est inutile ; réfléchir sans apprendre est dangereux. Aucun de vous deux ne réussira s'il ne s'amende. Je ne choisirai donc pas – vous vous succéderez chez l'oncle, un mois ici, un mois à Pékin. » Figurez-vous que ça a marché. La difficulté les a stimulés. Ou la rancœur…

Parce qu'ils étaient doués, en retournant à Pékin, ils récupéraient les semaines perdues, et, à la maison, Zhou apprenait tandis que Ru réfléchissait.

— Le juste milieu a triomphé.

— Exact. Ting Ting, mon aînée, assurait que…

Le directeur du Grand Hôtel, en me voyant, m'accapara pour me souhaiter la bienvenue, me signifier ma valeur, n'imaginant pas un instant qu'il cassait un tête-à-tête que j'aurais préféré continuer.

Le lendemain, je renouai avec mes négociateurs de Pearl River Plastic Production. Nous échangeâmes des cadeaux. Le nouveau venu, Jin, un homme grêle, chevelu, me tendit les *Entretiens* de Confucius en français, égard qui me toucha ; sans lui avouer que madame Ming les avait mentionnés la veille, je m'engageai à les parcourir.

Au cours des discussions, je guettai en vain le moment où il serait pertinent de suspendre nos palabres ; du coup, je ne rejoignis mon amie qu'à la pause et lui montrai mon édition de Confucius.

— Quoi, vous ne l'aviez pas lu ?

Ignorer Confucius lui paraissait aussi extravagant que de n'avoir jamais mangé de riz.

— Non, j'en suis honteux. Je vais rattraper cela dès ce soir.

Elle m'excusa :

— Celui qui ne progresse pas chaque jour recule chaque jour.

Calculant qu'elle m'avait déjà peint sept de ses enfants, je brûlais de découvrir les destinées qu'elle avait concoctées aux trois autres.

— Vous teniez à me parler de votre fille aînée.

— Oh, ma Ting Ting…

Elle rougit en l'évoquant. Mesurant la félicité qui envahissait son visage, je commençai à admettre qu'elle s'était créé une famille utopique : après tout, peu importe la vérité, seul compte le bonheur, non ?

— Vous la verrez bientôt, chuchota madame Ming avec excitation.

— Quoi ?

— Ting Ting m'a promis une visite.

Là, je trouvai que, passant une vitesse dans la mythomanie, elle prenait trop de risques ; sûr, elle prétendrait la semaine suivante que j'avais raté Ting Ting de peu, qu'à quelques secondes près nous nous serions croisés, cependant son audace allait se retourner contre elle. L'intrépide frimeuse s'entêta :

— Elle doit d'abord séjourner chez son frère Wang. Vous ai-je présenté Wang ?

— Non.

— Comment ? Wang me donne tant d'occasions de fierté. Il fabrique des jardins chimériques.

— Pardon ?

— Dès l'adolescence, Wang s'enthousiasma pour les plus splendides jardins de Chine, ceux qui sont consignés dans notre littérature. À force de lire et de relire les textes, il les connaissait intimement, ces jardins qui avaient fané depuis des siècles, voire des millénaires ; par la pensée, il musardait en leurs allées, il savourait leurs parfums, il cajolait les pétales, il admirait l'épanouissement successif des arbustes, le jaunissement des feuilles, la tristesse de l'hiver. Parfois, au sortir d'un grand silence, il nous disait d'où il venait, la Closerie des Orchidées ou le Verger des Grenouilles vermeilles… Mon mari et moi avons attisé cette vocation en le poussant à l'École d'agronomie. Wang s'y épanouit, réussit ses diplômes, puis décrocha un poste dans une mairie, au nord. Toutefois, après neuf mois occupés à renouveler les squares municipaux, il nous annonça qu'il partait à Taiwan pour faire fortune.

— Et… ?

— Gagné ! Il a révolutionné l'art horticole en proposant aux gens des jardins imaginaires. En fonction de leurs goûts – pivoines, camélias, lotus ou fleurs de prunier –, des saisons qu'ils chérissent, Wang leur conçoit le parc idéal. Pour une somme correcte, à l'issue d'une longue préparation, il leur raconte sa disposition, ses dominantes colorées, ses étagements d'éclosions, ses diverses perspectives, le chant des oiseaux, les miroitements des eaux vives, la tranquillité de l'étang où reposent les nénuphars, le déplacement des ombres, les dorures du crépuscule, les masses argentées sous la lune ; et, pour quelques yuans de plus, il couche le résultat par écrit.

— Un jardin de mots…

— Quel trait de génie ! Wang, constatant que les sublimes jardins du passé ont disparu et ne subsistent que par les textes, a décidé de franchir une étape : il saute instantanément au texte. Pourquoi un jardin devrait-il être réel ? Surtout que sa réalité dure peu tandis que son souvenir se perpétue. Grâce à Wang, un indigent peut posséder un terrain à son goût. À celui qui loge dans un espace étriqué, Wang fournit un domaine gigantesque. À celle qui souffre d'une allergie au pollen, Wang rend des printemps sans danger. Au vieillard qui ne marche plus, Wang restitue des promenades infinies sous les cerisiers poudrés. Et puis, quelle diminution de frais : nul sol, aucun achat de plantes, chaque réalisation est conservée et embellie par une armée d'ouvriers compétents qui ne coûtent rien ! Aux snobs qui dédaignent le décor traditionnel, Wang, parce qu'il a beaucoup lu et étudié, procure un jardin anglais, un jardin français, un jardin italien – même si, entre nous, rien ne surpasse le jardin chinois.

Jin, qui m'avait offert les *Entretiens* de Confucius, pénétra dans les toilettes et se prosterna devant madame Ming.

Nous terminâmes nos potinages, j'attendis Jin en compagnie duquel je remontai compléter notre travail.

À la fin de la séance, pendant que nous inscrivions les conclusions du jour, je remâchai le récit de madame Ming, lequel contenait, sinon un aveu, du moins une explication. Comment ne pas repérer dans les jardins imaginaires la métaphore de sa famille hallucinatoire, une famille que seules les phrases incarnaient ? Fallait-il que ses enfants soient réels pour que madame Ming les aime ? Non. Mais sa tendresse envers eux était réelle.

En rangeant mes dossiers, j'interrogeai l'homme aux traits ciselés, doté d'une crinière jais.

— Vous êtes familier avec madame Ming ?

— Nous l'avons salariée pendant trois ans chez nous, à l'époque où je recrutais le personnel.

— Une bonne ouvrière ?

— Très bonne. Pourtant, nous avons été obligés de la licencier.

— Pourquoi ?

— Elle exaspérait ses collègues. J'ai reçu des plaintes.

— À cause des histoires qu'elle racontait ?

— Les ouvrières devenaient jalouses.

— Jalouses de quoi ?

— De ses enfants.

— Ils n'existent pas !

— Après une enquête soigneuse, j'ai plusieurs raisons de croire qu'ils existent et que madame Ming dit la vérité.

Sur ce, Jin exécuta une révérence, pivota et rattrapa ses collaborateurs qui filaient par l'escalier.

Interloqué, je n'eus pas le réflexe de le talonner. D'autant que ses collègues n'auraient pas compris qu'il s'agissait d'une matière privée et se seraient approchés pour apprendre ce qui inquiétait l'acheteur français.

J'allai m'épuiser à la salle de gymnastique, croyant que courir sur un tapis roulant me viderait de mes idées. Hélas, ce marathon provoqua l'inverse ; à chaque foulée, madame Ming m'obsédait davantage.

Enfin, n'y tenant plus, je m'assis sur un banc et composai le numéro de Jin.

— Allô ? Je vous remercie encore pour votre cadeau, le livre de Confucius. Oh, je ne peux m'empêcher de gamberger sur ce que vous m'avez confié : avez-vous rencontré les enfants de madame Ming ?

J'entendis justement des gamins qui s'époumonaient, folâtres, autour de mon interlocuteur.

— Ah, répondit Jin, lorsque je suis entré chez elle, j'ai examiné leurs photos, les souvenirs qui se rapportaient à eux. Pour m'assurer qu'il ne s'agissait pas d'une fumisterie, j'ai feuilleté les messages qu'ils ont envoyés à leur mère depuis des années, des lettres toutes dotées d'une écriture différente et postées d'endroits divers en Chine. L'ensemble concorde point par point avec ce qu'elle dit, les évidences matérielles pullulent. En conséquence, j'ai choisi de me séparer d'elle à l'usine : je ne voulais pas que les ouvrières découvrent que madame Ming, loin d'être une banale mythomane, dirigeait une harmonieuse et nombreuse famille interdite. Après quoi, je lui ai obtenu cette place au Grand Hôtel.

Abasourdi, je le remerciai et demandai, avant de lui souhaiter une agréable soirée :

— Vous avez consacré du temps à cette ouvrière. En lui dénichant un autre emploi, vous vous êtes montré bien charitable. Cela dépasse le cadre de votre activité chez Pearl, non ?

— Je lui dois beaucoup.

— Ah bon ?

— Grâce à madame Ming, j'ai maintenant Fen. Vous l'entendez ?

Une fillette s'approcha du téléphone mobile et murmura d'une voix fine comme une épingle :

— Bonsoir, monsieur.

Je raccrochai. Un instant, j'avais visualisé cette Fen sous les traits d'Irène, mon ex-maîtresse, me reprochant fugitivement de l'avoir abandonnée avec un bébé dans le ventre, même si je contestais qu'il fût le mien.

Après une longue douche, je me rasai, me peignai, puis descendit auprès de madame Ming.

Bien que je me sentisse penaud, elle s'illumina en m'accueillant ; probablement n'imaginait-elle pas que j'avais toujours douté de ce qu'elle me relatait…

— Vous semblez heureuse, madame Ming…

— Pourquoi ne le serais-je pas ? Alors que mon mari a rendu son dernier souffle, je suis encore en vie. Quel privilège ! J'en jouis. Celui qui sait une chose ne devance pas celui qui l'aime ; mais celui qui aime une chose reste derrière celui qui s'en délecte.

— Je voudrais que vous m'excusiez d'avoir prétendu que mes neveux, Fleur et Thierry, étaient mes enfants. Je vous ai humiliée.

— Une injustice s'efface si l'on parvient à l'oublier.

— Tout de même. J'ai exagéré.

— Il faut à l'occasion... Sinon, on étouffe.

— Cela vous arrive-t-il ?

— J'ai médité ce sujet à cause de Shuang, mon dixième, un garçon aussi bien découplé que son père. Shuang souffrait d'un curieux vice : il ne pouvait s'empêcher de claironner la vérité.

— Un vice ?...

— La sincérité, c'est le contraire du discernement ! Pour atteindre l'harmonie entre soi et les autres, il faut analyser les pensées, les filtrer, en refouler certaines. La vérité ne constitue pas un but, elle n'a d'intérêt que si elle sert ; or, la plupart du temps, elle freine ; pis, elle détruit. Tenez, une fois qu'un professeur s'étonnait d'une excellente dissertation et accusait Shuang d'avoir triché, mon fils répondit : « J'y ai songé, ça m'a tenté, mais j'y ai renoncé. » Que conclut l'instituteur ? Que Shuang fraudait. Quand sa grand-mère paternelle s'enquit de savoir si Shuang chérissait son papa, il répliqua : « Ça dépend ; tantôt oui, et je ne voudrais pas le quitter de la journée, tantôt non, car je le juge idiot, distrait, incapable de comprendre ce que je lui raconte. » Résultat ? Trois gifles et une dénonciation publique. Lorsque sa première fiancée lui demanda s'il la trouvait belle, il expliqua : « J'estime que tu es la plus belle, même si je sais parfaitement que je me trompe. » Comme elle tordait le nez, il précisa : « À l'évidence, je suis aveuglé par ce que j'éprouve pour toi. Je perds toute objectivité. Par exemple, on pourrait critiquer tes paupières ratatinées ou tes pommettes trop hautes. Eh bien, moi pas ! » Hop, rupture… Il pleurait tant que je me suis enfermée avec lui dans sa chambre et que je l'ai obligé à réfléchir : « Shuang, mon chéri, ce que tu dis, les gens ne le saisissent pas, tes phrases provoquent un malentendu. — Maman, je me cantonne à la vérité ! Pourquoi avouer autre chose ? — Mon fils, la question me semble celle-ci : pourquoi les hommes ne supportent-ils pas la vérité ? Premièrement, parce que la vérité les déçoit. Deuxièmement, parce que la vérité manque souvent d'intérêt. Troisièmement, parce que la vérité n'a guère l'allure du vrai – la plupart des faussetés sont mieux troussées. Quatrièmement, parce que la vérité blesse. Je ne veux pas que tu mènes la guerre en croyant propager la paix. — Maman, que faire ? Mentir ? — Non, te taire. Le silence est un ami qui ne trahit jamais. »

Elle salua un client qui décampait sans lui laisser de pièce puis poursuivit :

— Shuang m'a obéi. Au début, ça révulsait tellement sa nature – se tenir coi – qu'il renâclait, après il a été encouragé par ses succès : plus il se taisait, plus il fascinait les femmes ; plus il se taisait, plus on lui prêtait de profondeur ; plus il se taisait, plus ses employeurs lui supposaient des compétences. Les gens pouvaient enfin projeter leurs espérances sur lui.

— Aujourd'hui ?

— De Shanghai, il commente les cours de la Bourse à la radio. Je l'écoute chaque midi. Magistral, laconique, riche de réserve, si avare de mots qu'on imagine qu'il escamote son érudition – il m'a pourtant juré que quelquefois il débitait n'importe quoi. Au cas où, par accident, il cause trop, je lui envoie un courrier. Qui plante la vertu ne doit pas oublier de l'arroser souvent.

Elle s'éloigna pour récurer une cuvette et je songeai à la capricieuse météorologie de mon intelligence : ce matin, j'aurais conclu, à l'issue de ce récit, que madame Ming argumentait sa fourberie ; ce soir, je devinais qu'elle me délivrait une opinion plus affûtée selon laquelle les idolâtres de la vérité se révèlent des barbares, la délicatesse surclassant la sincérité. Pour la cohésion de la communauté, on place la sérénité, l'entente, au-dessus du vrai.

— Madame Ming, parlez-moi de Ting Ting.

— Avec plaisir. Dès demain. Ce soir, je dois torchonner.

Cette nuit-là, je me couchai et ouvris au hasard le livre de Confucius. Dès la première sentence, « Le sage est calme et serein ; l'homme de peu écrasé de soucis », je frissonnai ; cette déclaration me ramenait à la dame pipi du Grand Hôtel, plus rayonnante que les éminents ambitieux qui défilaient devant elle. « Un homme heureux se contente de peu », « Appliquez-vous à garder en toute chose le juste milieu ». Au fur et à mesure que les phrases résonnaient, elles s'avéraient l'écho de celles que j'avais entendues de la bouche de madame Ming.

Après avoir pioché des idées dans le volume en notant qu'elles ne me surprenaient pas, j'allai ruminer sur le balcon, m'accoudai à la rambarde et contemplai le paysage nocturne. Aux environs, sous un ciel charbonneux, rien de beau, rien d'attirant, des routes et des immeubles rapidement sortis de terre, éclairés comme des chantiers. Si aucune ville ne dort entièrement, Yunhai encore moins : en rangs de fourmis, des ouvriers aux épaules basses revenaient de l'usine à minuit, déversés par les bus qui rembarquaient les troupes fraîches puisque, en cette période de l'année, les compagnies tournaient à plein régime. La poursuite du profit organisait la cité industrielle qui m'entourait et pourtant, dans cette caricature de la modernité, je percevais une architecture invisible, une mémoire impalpable. Yunhai pouvait être agrandie, déplacée, reconstruite, rasée puis rebâtie plusieurs fois, elle restait une vieille agglomération chinoise où l'Histoire subsistait. Chez ces migrants venus gagner leur riz ici, chez ces milliers de paysans en rupture de sillons, malgré le communisme ou le mercantilisme, l'Antiquité persistait. Confucius habitait le cerveau des hommes : sa défense de l'amour familial, son culte du respect, sa lutte contre les abus perduraient dans les têtes. À la différence des Européens qui conservent des ruines gallo-romaines au cœur de leurs métropoles mais oublient Sénèque, qui visitent les cathédrales en délaissant le christianisme, les Chinois ne logent pas leur culture dans les pierres. Ici, le passé constituait le présent de l'esprit, pas une empreinte sur la roche. Le monument demeurait secondaire, d'abord comptait le cœur spirituel, gardé, transmis, vivant, incessamment jeune, plus solide que tout édifice. La sagesse résidait dans l'invisible, l'invisible qui s'avère éternel à travers ses infinies métamorphoses, tandis que le minéral s'effrite.

Une dame pipi me rapprochait du mystère asiatique. À elle seule, madame Ming était ce peuple, la Chine subtile, humaine, civilisée. Par sa bouche, j'entendais une voix de deux mille six cents ans ; grâce à elle, un sage antérieur à Socrate m'avait pris par la main et guidé dans le labyrinthe.

Dès sept heures du matin, impatient, je descendis la rejoindre au sous-sol.

Une femme grasse, au front bas, le regard vindicatif, se tenait sur le siège de mon amie.

— Où est madame Ming ?

Le cerbère m'ordonna d'aller pisser à mon aise.

Je dus lui répéter ma question car la suintante matrone n'arrivait pas à concevoir que je m'enquière de sa collègue. Enfin, quand elle saisit qu'elle ne se débarrasserait de moi qu'en répondant, elle m'annonça d'une voix plus aigre qu'une cornemuse que madame Ming, victime la veille d'un accident, se trouvait à l'hôpital.

Je donnai des coups de téléphone pour alléger ma journée, n'y parvins pas, subis les réunions prévues en rongeant mon frein, puis, à cinq heures, filai à l'adresse qu'on m'avait indiquée.

Dans ce bâtiment long, neuf, à l'entrée majestueuse, je dus perdre mes capacités linguistiques tant personne ne comprenait ce que je voulais : on m'enjoignit de récolter un ticket numéroté aux urgences ; comme je m'insurgeais, on me conseilla d'aller me faire soigner au centre militaire ; après une longue errance au milieu de malades porteurs de perfusions, j'aboutis dans une salle à dix lits.

Deux plâtres et des bandages clouaient madame Ming au matelas. Des contusions marbraient d'ocre ou de grenat son visage sous l'inquiétant pansement qui entourait son crâne. Cependant, à voir son sourire quand j'approchai, on aurait pu croire qu'elle ne souffrait pas.

Presque hilare, elle m'expliqua qu'une voiture l'avait renversée alors qu'elle rentrait chez elle.

— J'ai rebondi comme un ballon.

À cet instant-là, je décelai que son affabilité cachait les grimaces de douleur qui couraient sous sa peau, laquelle avait abandonné sa couleur usuelle et s'éteignait dans une sorte de gris terne.

— Et le chauffeur ?

— Il a essayé de s'enfuir. On l'a arrêté plus loin, tellement saoul qu'il narguait les policiers en vagissant : « Tu ne m'attraperas pas ! »

— Il séjournera quelques années en prison.

— Sans doute.

— Mais ça ne vous réparera pas, madame Ming.

— Ça le réparera lui, peut-être.

Elle gémit puis éclata de rire pour maquiller sa plainte. Ses épaules la tyrannisaient. Elle se pencha et murmura, comme si on l'espionnait :

— Je n'ai pas envie de rester à l'hôpital, on attrape des maladies ici.

Une inconnue apparut et fondit vers le lit.

— Maman !

— Ting Ting !

Les deux femmes voulaient se serrer dans les bras mais le harnachement médical empêcha cette étreinte.

D'agacement, Ting Ting se mit à pleurer. Menue, sèche, stressée, aussi plate qu'un idéogramme, elle était habitée par une énergie illimitée, une énergie qui agitait son corps chétif de spasmes, de phrases en suspens, de sentiments pêle-mêle.

Très maternelle, madame Ming lui attrapa les avant-bras et la consola.

Comme je me levais, madame Ming, du regard, me supplia de demeurer.

— Elle va se calmer, ne vous inquiétez pas.

De fait, chez Ting Ting les émotions surgissaient aussi précipitamment qu'elles disparaissaient : quelques minutes plus tard, nous devisions tous les trois.

Madame Ming crépitait de fierté : me présenter Ting Ting semblait le summum du bonheur qu'elle pouvait éprouver en un tel jour. Lorsque je m'entretenais avec son aînée, elle utilisait l'intermède pour se détendre, sans cesser de nous contempler, les yeux brillants.

Après une heure et demie de bavardages, les infirmières vinrent nous annoncer l'arrivée des médecins.

Chassés, nous allâmes, les deux valides, patienter au soleil dans la cour de l'hôpital.

Ting Ting brandit une cigarette, me supplia de ne pas révéler à sa mère qu'elle fumait, légitima sa nervosité par les centaines de kilomètres qu'elle venait d'effectuer en voiture puis, fébrile, pompa de nouvelles forces dans le tabac.

— Quand vos frères et vos sœurs débarquent-ils ? demandai-je.

Libérant la fumée qui frôlait, lente, son étroit visage, elle me scruta par en dessous, la tête penchée sur l'épaule droite.

Je reposai ma question, croyant avoir mal prononcé les mots – je pratiquais surtout le cantonais ces derniers temps, très peu le mandarin.

— Comment, vous ne savez pas ? finit-elle par dire.

— Que devrais-je savoir ?

— Je n'ai ni frères ni sœurs.

Depuis la veille, on jouait avec moi comme avec une balle de ping-pong.

— Mais votre mère m'a parlé de Li Mei, de Kun et Kong, de Da-Xia, de Ru et Zhou, de… Wang, de…

Elle me souffla les noms suivants :

— De Shuang et de Ho ? J'en suis certaine.

— Un responsable de Pearl River Plastic Production a vu des lettres, des photos, des souvenirs.

Ting Ting jeta sa première cigarette sans l'achever et en alluma une deuxième.

— Maman était adolescente pendant la Révolution culturelle. Un matin, le pouvoir les a arrêtés, elle et ses parents, puis envoyés en camp de rééducation. Parce qu'elle appartenait à une famille d'enseignants – père professeur d'histoire, mère de littérature –, elle a creusé des canaux dans la boue, cassé des pierres, crevé de faim et de froid. J'ignore ce qu'on reprochait à mes grands-parents ; je crois d'ailleurs que personne ne connaissait vraiment les charges retenues contre eux ; en ces temps de terreur, il fallait des criminels, ils étaient là, cultivés, délicats, assez subtils pour se sentir coupables. Maman, elle, a résisté au dressage : elle fermait ses oreilles à l'endoctrinement, elle refusait de dénoncer ses camarades, elle persistait à penser qu'elle participait à un jeu, un jeu pénible, idiot, déplaisant, mais un jeu qui, selon elle, ne pouvait pas être réel ! Dès que sa famille a été arrachée à cet enfer, elle est revenue à une vie normale et elle a coulé quelques années joyeuses... Mon père l'a rencontrée, ils m'ont eue. Pour eux, je ne constituais que le premier maillon d'une longue lignée, je régnerais au minimum sur neuf frères et sœurs ; je m'en réjouissais et nous nous divertissions souvent, maman, papa, moi, à imaginer mes futurs compagnons, à les nommer, à débusquer leurs défauts, leurs qualités. Ma mère tomba enceinte au début de l'année du Bouc ; cette année-là a été appliquée la loi qui astreint les familles chinoises à se limiter à un enfant. On lui a conseillé d'avorter ; enfin, conseillé... Le lendemain, elle garda le lit. Une maladie du sang. Comme si elle avait de l'eau à la place. Une affection très lourde. Maman devint aussi pâle qu'un linge, frêle, atone, incapable de sourire, sauf lorsque je m'approchais. On l'a expédiée dans une maison de convalescence. Elle y est restée six ans. Pourquoi six ans ? Elle aurait pu y demeurer moins parce que sa cure ne l'avait pas changée : elle en est revenue livide, plus diaphane qu'un fantôme. À ce moment-là, quand je l'ai retrouvée, j'ai décidé de lui écrire.

Elle écrasa sa cigarette et en ralluma une autre. Je m'exclamai :

— Quoi ? Vous...

— Oui. Je ne savais pas que c'était impossible alors je l'ai fait.

— De quelle façon ?

— Je suis repartie de nos rêveries et j'ai correspondu avec elle comme si ces enfants oniriques existaient. Je la tenais au courant de leur quotidien.

— Les photos ?

— J'ai mis mes proches à contribution. Parce que je participais chaque été à un camp de musique et de danse, je disposais d'amis dans toute la Chine. Ils ont accepté d'incarner des personnages en partie inspirés d'eux et de recopier les messages que je leur postais.

De nouveau, elle balança sa cigarette et en saisit une quatrième. Visiblement, ce qu'elle aimait, c'était allumer les cigarettes, pas les fumer.

— Mais Ting Ting, la vérité…

— La vérité, c'est juste le mensonge qui nous plaît le plus, non ?

Ses yeux m'interrogeaient.

Avant que je pusse répondre, la brigade des médecins traversa la cour. Nous retournâmes aussitôt vers la chambre commune. En arrivant auprès de madame Ming, je demandai encore en chuchotant à sa fille :

— Votre mère croit-elle qu'elle a dix enfants ?

— Je ne sais pas. Au début, quand elle se murait dans son apathie et sa fatigue, elle se rendait compte qu'il s'agissait d'un jeu. À partir du moment où elle y a joué, je l'ai parfois suspectée de s'égarer. Pourtant, elle sait que c'est faux.

— Ah oui ?

Ting Ting pinça ses lèvres. Non moins que moi, elle craignait que sa mère n'eût donné de la chair à ses rêves.

Lorsque nous approchâmes, l'accidentée haletait :

— Ting Ting ! Les médecins prétendent que je ne pourrai pas bouger d'ici pendant quinze jours, et qu'ensuite, je ne suis pas certaine de marcher. Pour l'instant, ils appréhendent une infection, ils surveillent ma fièvre. Ting Ting, je vais devenir folle. Mon anniversaire a lieu dimanche ! Ce sera le dernier…

Perturbée, elle ne ressemblait pas à la madame Ming habituelle, plutôt à son double terrorisé. Elle continua en agrippant sa fille :

— Ma petite Ting Ting, je n'exige qu'une chose. Qu'une chose. Tu la feras, dis ?

— Oui maman.

— Tu me le jures ?

— Je te le jure.

— Réunis tes frères et sœurs ici dimanche prochain. Que je les embrasse une ultime fois.

Le visage de Ting Ting se décomposa. Paniqué, son regard chercha le mien. Lâche, je fixai mes chaussures puis, avec lenteur, en silence, m'écartai pour me soustraire à l'affrontement des deux femmes.

Je flânai longtemps dans Yunhai. Préoccupé par l'état de madame Ming, décontenancé par ce que je venais d'apprendre, je n'étais plus capable de penser clairement ; quand une idée ou un sentiment se présentait, saillait son contraire ; d'un côté j'appréciais le généreux artifice de Ting Ting afin de ramener sa mère à la vie, de l'autre je condamnais cette blague qui avait gangrené un psychisme affaibli ; parfois, j'estimais que nos destinées ne devaient pas se restreindre à la réalité mais s'enrichir de rêves, de fantasmes, lesquels, s'ils ne sont pas la teneur des choses, témoignent de la vitalité de l'esprit ; une minute après, je regrettais que ni madame Ming ni Ting Ting n'aient pu accepter le monde tel qu'il était.

Mes errances durèrent trois jours. Certes, j'accomplis mon métier pendant ces trois jours, je négociai même de juteux contrats, cependant, me prêtant à mon travail plus que je ne m'y donnais, je me préoccupais de madame Ming, de Ting Ting et des neuf enfants virtuels.

Le dimanche du tragique anniversaire, je considérai que madame Ming allait se trouver désemparée, avec sa fille unique, en face de la réalité. Je redoutais le pire. Si l'on prive quelqu'un du mensonge qui soutient son existence, il s'effondre. Madame Ming risquait un grave malaise car Ting Ting échouerait à couvrir de façon plausible l'absence de ses frères et sœurs. Convaincu que le choc serait trop dur, moitié par compassion, moitié par curiosité, je me rendis à l'hôpital.

Lorsque je voulus entrer dans la chambre, je faillis renoncer.

Ils étaient tous là, Ho, Da-Xia, Kun, Kong, Li Mei, Wang, Ru, Zhou, Shuang et bien sûr Ting Ting, buvant, parlant, chantant, plus sonores et allègres qu'une fanfare de village ! Sans aide, je pouvais les reconnaître : Kun et Kong les acrobates, l'un crâne rasé et pull vert, l'autre cheveux longs et gilet jaune ; Da-Xia la tueuse de madame Mao, coupe courte, tailleur moulant, talons acérés, vêtue en cadre exécutive américaine ; Zhou l'intellectuel qui se moquait de ce que récitait Ru, l'érudit à lunettes ; Li Mei la dessinatrice rêveuse ; Shuang le mordu de vérité devenu taciturne, appuyé contre le mur ; Ho, le parieur convulsif qui tentait de convaincre Wang d'agiter les dés alors que celui-ci ébauchait pour sa mère un jardin merveilleux.

Ting Ting s'approcha de moi, radieuse.

— Ils sont venus. Tous mes amis. Aussi fidèles qu'une famille. Pour la première fois, ils endossent leur rôle. Maman plane au sommet du bonheur.

Elle fendit la foule pour m'amener à madame Ming. Celle-ci, encore plus grise, plus altérée, resplendissait cependant.

— J'ai de beaux et de gentils enfants.

J'approuvai, ému par sa satisfaction contagieuse.

— Ils n'ont pas hésité à traverser le pays alors qu'ils n'avaient pas bougé pour l'enterrement de leur père… Seule Ting Ting s'était libérée.

Ting Ting baissa la tête, gênée.

Madame Ming me saisit la main avec passion et susurra à mon oreille :

— Je ne devrais pas dire cela, surtout en présence des autres : Ting Ting a été et demeurera ma préférée.

Assez près pour entendre, Ting Ting s'empourpra. Madame Ming poursuivit :

— Elle ne m'a jamais déçue. Y compris aujourd'hui.

Ting Ting frémit par réflexe.

— Quoi, aujourd'hui ? Qu'ai-je réalisé de spécial aujourd'hui ?

Madame Ming désigna le brouhaha alentour. Ting Ting maugréa :

— Prévenir mes frères et sœurs ? Quel travail ! Ils voulaient tous accourir, de toute façon.

Madame Ming se tourna de mon côté.

— Vous remarquez comme elle est ? Teigneuse ! Opiniâtre ! Elle ne lâche pas sa tâche en route. Elle va jusqu'au bout.

Puis elle répéta d'un ton mystérieux :

— Jusqu'au bout… jusqu'au bout…

Ting Ting s'alarma :

— De quoi parles-tu, maman ?

— Le juste milieu… jusqu'au bout…

Inquiète, Ting Ting me consulta tandis que madame Ming bredouillait, évasive :

— … entre le rêve et la réalité… le juste milieu… jusqu'au bout… Merci.

— Quoi ?

Secouée de tics, Ting Ting, tripotait son paquet de cigarettes dissimulé dans son sac : soit sa mère délirait, soit sa mère avait deviné sa supercherie.

Madame Ming changea ; elle redevint nette, claire, décidée, telle que je l'avais invariablement vue.

— Je ne dirai rien. Et toi non plus.

Ses yeux confiants se dirigèrent vers ceux, inquiets, de sa fille, et les affrontèrent, débordants d'affection ; elle soupira, apaisée :

— La vérité m'a toujours fait regretter l'incertitude.

Sur ce, elle ferma les paupières et s'endormit.

Mes affaires réglées, je devais rentrer en France

À chacune de mes visites, madame Ming cicatrisait, résorbait ses hématomes, souffrait moins ; la veille de mon départ, Ting Ting me promit d'envoyer des nouvelles régulières de sa mère. Je m'envolai donc rasséréné.

Dans l'avion, pour la première fois, je ne subis pas au cours du vol mon amnésie coutumière ; au contraire, j'occupai le voyage à remâcher tout ce que j'avais vécu au Guangdong, les idées, les soucis, les déficiences qui m'y étaient apparus ; j'emportais ma personnalité chinoise avec moi.

À l'aéroport Charles-de-Gaulle, au moment où je récupérais mes bagages acheminés à un train d'escargot par les tapis roulants, un message d'Irène surgit sur l'écran de mon téléphone :

« Au cas où cela t'intéresserait, un bébé a quitté mon ventre ce matin. »

Une heure après, j'embrassais Irène et me penchai sur le garçonnet qui gigotait dans le berceau voisin du lit.

Il me regarda, je le regardai : le pacte se conclut aussitôt.

Je pivotai vers Irène, saisis sa main puis lui soufflai à l'oreille :

— Si tu le veux bien, je prends la mère et l'enfant.

— Pardon ? Mais...

— Je prends la mère et l'enfant sans me poser plus de questions.

— Ne t'emballe pas. Sois sûr de toi. Nous demanderons des tests génétiques...

— Stop ! Tu es folle... Imagine qu'on me révèle qu'il n'est pas de moi ! Foutu ! Trop tard ! Arriverai-je à cesser d'aimer ce bonhomme-là ?

Mes lèvres s'approchèrent de celles d'Irène pour étouffer son étonnement et j'ajoutai, avec l'intention de ne jamais revenir sur ma décision pendant les deux mille six cents ans à venir :

— La vérité m'a toujours fait regretter l'incertitude.

Du même auteur
aux éditions Albin Michel :

Romans

LA SECTE DES ÉGOÏSTES, 1994.
L'ÉVANGILE SELON PILATE, 2000, 2005.
LA PART DE L'AUTRE, 2001.
LORSQUE J'ÉTAIS UNE ŒUVRE D'ART, 2002.
ULYSSE FROM BAGDAD, 2008.
LA FEMME AU MIROIR, 2011.
LES DEUX MESSIEURS DE BRUXELLES, 2012.
LES PERROQUETS DE LA PLACE D'AREZZO, 2013.
L'ÉLIXIR D'AMOUR, 2014.
LE POISON D'AMOUR, 2014.

Nouvelles

ODETTE TOULEMONDE ET AUTRES HISTOIRES, 2006.
LA RÊVEUSE D'OSTENDE, 2007.

CONCERTO À LA MÉMOIRE D'UN ANGE, Goncourt de la nouvelle, 2010.

Le Cycle de l'invisible

MILAREPA, 1997.

MONSIEUR IBRAHIM ET LES FLEURS DU CORAN, 2001.

OSCAR ET LA DAME ROSE, 2002.

L'ENFANT DE NOÉ, 2004.

LE SUMO QUI NE POUVAIT PAS GROSSIR, 2009.

«Le bruit qui pense»

MA VIE AVEC MOZART, 2005.

QUAND JE PENSE QUE BEETHOVEN EST MORT ALORS QUE TANT DE CRÉTINS VIVENT, 2010.

Essai

DIDEROT OU LA PHILOSOPHIE DE LA SÉDUCTION, 1997.

Théâtre

LA NUIT DE VALOGNES, 1991.

LE VISITEUR (Molière du meilleur auteur), 1993.

GOLDEN JOE, 1995.

VARIATIONS ÉNIGMATIQUES, 1996.

LE LIBERTIN, 1997.

FRÉDÉRICK OU LE BOULEVARD DU CRIME, 1998.

HÔTEL DES DEUX MONDES, 1999.

PETITS CRIMES CONJUGAUX, 2003.

MES ÉVANGILES (*La Nuit des Oliviers, L'Évangile selon Pilate*), 2004.

LA TECTONIQUE DES SENTIMENTS, 2008.

UN HOMME TROP FACILE, 2013.

THE GUITRYS, 2013.

LA TRAHISON D'EINSTEIN, 2014.

Le Grand Prix du Théâtre
de l'Académie française 2001
a été décerné à Eric-Emmanuel Schmitt
pour l'ensemble de son œuvre

Site Internet : eric-emmanuel-schmitt.com

PAPIER À BASE DE FIBRES CERTIFIÉES

Le Livre de Poche s'engage pour l'environnement en réduisant l'empreinte carbone de ses livres. Celle de cet exemplaire est de :
200 g éq. CO_2
Rendez-vous sur www.livredepoche-durable.fr

Composition réalisée par PCA

Achevé d'imprimer en novembre 2014 en Espagne par CPI
Dépôt 1re publication : janvier 2015
LIBRAIRIE GÉNÉRALE FRANÇAISE
31, rue de Fleurus – 75278 Paris Cedex 06

36/6673/5